Compagnon oublié

Dave Kerlson

COMPAGNON OUBLIE

First edition. June 6, 2024.

ISBN: 979-8227878960

Written by Dave Kerlson.

Also by Dave Kerlson

Compagnon oublie
Protégé

Compagnon Oublié : Un voyage captivant dans le monde des métamorphes et des souvenirs perdus

Dans « Compagnon Oublié », Zenia, une jeune femme métamorphe, mène une vie tranquille en tant qu'assistante administrative de l'Alpha Jericho Savidge. Mais sa routine quotidienne est bouleversée lorsqu'elle rencontre Greyden James, un homme qui a presque détruit sa vie.

Alors qu'elle tente de fuir ses souvenirs douloureux, Zenia découvre que Greyden est à la recherche de sa compagne, dont l'odeur lui est familière.

Chapitre 1

Une brise matinale fraîche enveloppait Zenia alors qu'elle quittait sa petite maison d'une chambre et se dirigeait vers Main Street. Elle travaillait comme assistante administrative de l'alpha. Eh bien, c'était plutôt un poste de réceptionniste, mais cela ne semblait pas aussi important. JerichoSavidge dirigeait une grande entreprise de construction avec des projets en cours dans tout l'État du Colorado. Il n'était pas seulement un homme puissant, mais aussi un puissant alpha. Elle se considérait chanceuse d'avoir décroché ce poste. Cela lui avait donné un sentiment d'autonomie en sachant qu'elle pouvait se tenir debout après des années de lutte contre la dépression. Il lui avait fallu beaucoup de temps pour en arriver là, et elle était reconnaissante que Jericho ait tenté sa chance.

Les gens lui faisaient signe et la saluaient, et elle souriait, aimant cette communauté très unie. Ses journées tombaient dans la routine, commençant par le café du coin pour prendre une tasse pour elle et une pour Jéricho. La barista derrière le comptoir, Keegan, fit un petit signe de la main alors qu'elle finissait avec un client.

"Merci, Mme Smyth," dit-elle avec un sourire éclatant. "Bonne journée."

La petite vieille dame, Mme Smyth, fit un signe de la main avant de prendre sa tasse. Elle souffla sur le dessus alors qu'elle se tournait pour partir. Lorsqu'elle repéra Zenia, elle s'arrêta.

«Bonjour Zenia», dit-elle. « Quand est-ce que votre patron entre au bureau ? »

"Eh bien, aujourd'hui, il a une réunion le matin", répondit-elle. "Mais son emploi du temps s'ouvre après le déjeuner pour entendre les suggestions et les griefs."

Mme Smyth a poussé un petit cri avant de partir. Keegan rit et secoua la tête.

"Cette femme est une menace", a déclaré Keegan en roulant des yeux.

"Elle n'est pas si mauvaise", a déclaré Zenia, ressentant le besoin d'être plus diplomatique. Après tout, elle représentait l'alpha.

« Vous avez toujours bon cœur. L'habituel?"

"Oui s'il vous plait."

La porte derrière elle s'ouvrit, permettant à la brise fraîche d'entrer, et le parfum du cèdre et de la vanille envahit ses sens. Cela la troublait parce que la dernière fois qu'elle avait rencontré ce parfum auquel il appartenait...

Non, elle ne parvenait pas à penser à son nom. Impossible de se replonger dans les souvenirs de son passé. Son thérapeute serait tellement déçu.

"Pourquoi sens-tu mon compagnon?"

La voix grave la figea dans son élan. Ça ne pouvait pas être lui. Non Non Non Non. Elle devait avoir des hallucinations parce qu'il ne pouvait pas être ici à Sheridan. Elle retint son souffle, sûre qu'elle devait l'imaginer. Elle ne voulait pas le regarder, ne voulait pas le reconnaître, et pourtant elle devait le faire. Lentement, elle se tourna et, comme dans un spectacle d'horreur, son cauchemar la regarda avec confusion. Greyden James. Le compagnon qui s'est éloigné après une nuit ensemble. L'homme qui a presque détruit sa vie.

"Bien?" » demanda-t-il avec impatience. "Pourquoi sens-tu mon compagnon?"

Elle ouvrit la bouche, mais rien n'en sortit. Reculant jusqu'à ce que le comptoir arrête sa retraite, elle secoua la tête. Comme si cela seul suffirait à le débarrasser de lui.

« Etes-vous muet ? Vous ne comprenez pas la question ?

"Hé," dit Keegan à voix haute. Elle contourna le comptoir pour se placer entre elle et lui. "Reculez, mon pote."

« Elle sent ma compagne. Je veux juste savoir pourquoi.

« Je... je... » Le cœur de Zenia s'emballa alors qu'elle essayait d'aspirer de l'air dans ses poumons désespérés.

Greyden pencha la tête pour l'étudier. "Est-ce qu'elle va bien?"

Zénia secoua la tête. Elle était étourdie, étourdie par manque d'oxygène. Ses jambes lâchèrent et elle s'effondra lentement, glissant pour s'asseoir.

« Zénia ! » » cria Keegan en se précipitant vers elle.

Greyden la suivit, s'agenouillant de l'autre côté. Elle ne pouvait s'empêcher de le regarder. Il n'y avait aucune trace de reconnaissance dans son regard. Était-elle si oubliable ?

"Je vais appeler Jericho", dit Keegan en sortant son téléphone de sa poche arrière. "Alpha? C'est Keegan. Quelque chose arrive à Zenia. Pouvez-vous venir au café ?D'accord. Merci."

Elle a coupé l'appel.

« Il est en route », dit-elle.

Greyden tendit la main comme s'il allait la toucher, mais au dernier moment il se retira. "Quelque chose ne va pas."

Pas de merde, Sherlock," rétorqua Keegan. « Elle est catatonique. Qui es-tu?"

"Je suis ici pour un rendez-vous avec Alpha Jericho", répondit-il. "Je ne l'ai jamais rencontrée, et pourtant elle me semble familière."

"Eh bien, il semble qu'elle te connaisse."

La porte s'ouvrit et Alpha Jericho se précipita à l'intérieur, jetant d'abord un coup d'œil à Greyden puis repérant Zenia au sol. En trois enjambées, il l'atteignit et s'agenouilla.

«Zénia», murmura-t-il en plaçant un doigt sous son menton. Il tourna son visage vers lui même si son regard restait fixé sur Greyden. "Regardez-moi."

Il a mis suffisamment de commandes alpha pour la forcer à se détourner. Elle cligna des yeux tandis que Jéricho nageait devant elle.

"Alpha," murmura-t-elle.

"Quoi?"

Son regard se tourna vers Greyden, puis revint à nouveau. « Il ne s'en souvient pas. Il m'a oublié.

Il fallut un moment avant que ses yeux réalisent. Presque immédiatement, sa bouche se contracta de colère. "C'est le bon?"

Elle acquiesça.

"Keegan, emmène-la chez Payton au restaurant", ordonna-t-il.

"Et la boutique ?"

"Je vais le regarder jusqu'à ce que tu reviennes."

"Oui, Alpha."

Keegan prit les mains de Zenia et l'aida à se relever. Greyden se tenait à ses côtés, la regardant attentivement. Sa concentration brûlait comme de l'acide. Quand Greyden s'éloigna, elle pleura, ne sachant pas vraiment ce qui s'était passé. Dans son angoisse, son loup hurla de désespoir avant de disparaître. La perte d'une partie aussi vitale de son âme la rendait faible et émotionnellement fragile, et elle avait suivi des années de thérapie juste pour être suffisamment stable pour avoir une sorte de vie. Elle prenait toujours des médicaments contre l'anxiété, ce qui était inhabituel pour un métamorphe.

« Zénia ? As tu entendu? Je veux que tu ailles à Payton.

"D'accord," murmura-t-elle en tremblant.

"Attends," dit Greyden en tendant la main pour saisir son bras. "Je veux savoir pourquoi elle sent comme mon compagnon."

Elle recula et il la relâcha. La confusion éclaira ses yeux.

«Je ne te ferai pas de mal», dit-il.

"Vous l'avez déjà fait", dit-elle en se tournant vers Keegan qui passa son bras autour d'elle et la conduisit vers la porte. Zenia respirait à travers son chagrin, souhaitant ne jamais avoir rencontré GreydenJames.

****

Greyden plissa les yeux en regardant Zenia partir. Quelque chose revint à la vie dans sa mémoire, même s'il eut du mal à le saisir et à le faire avancer. Pourquoi cette femme semblait-elle si familière ? Elle avait mentionné qu'il ne s'en souvenait pas... mais tu te souviens de quoi ? S'étaient-ils rencontrés quelque part ?

"Pourquoi as-tu fait ça?" » demanda Jericho, d'un ton froid.

Il était tellement confus. "Qu'est-ce que j'ai fait ?"

Jericho l'observa et Greyden rejeta ses épaules en arrière. Il n'a pas exposé son cou parce que ce n'était pas son alpha. Son propre pouvoir était suffisant pour ignorer n'importe quel ordre.

"Tu ne te souviens vraiment pas d'elle?"

Il secoua la tête. "Qui est-elle?"

« Dis-moi quelque chose », dit Jericho en croisant les bras sur sa poitrine. « Il y a cinq ans, avez-vous assisté au rassemblement annuel des meutes au Canada ?

L'Assemblée", répondit Greyed. "Oui, j'ai rencontré mon compagnon là-bas."

« Votre compagnon ? »

"Oui. J'y ai rencontré mon compagnon. Cette femme, Zenia, son odeur... Je l'ai suivie ici pour découvrir pourquoi et comment, elle sent comme ma compagne.

Jéricho l'a étudié. "Je ne vous trompe pas, mais je sais aussi ce que cette femme a enduré."

Greyden fronça les sourcils. "Qu'a-t-elle enduré ?"

"Cela ne vous regarde pas si vous ne vous en souvenez pas."

Greyden détourna le regard, s'efforçant de dissiper ses pensées paresseuses. "J'essaie, mais c'est comme se déplacer dans des sables mouvants."

«Essayez-vous de dire que vous souffrez d'amnésie?»

« Non », a-t-il répondu. "Bien sûr que non. C'est juste que... la majeure partie de cette journée est parfaitement claire. Mais il reste des parcelles de souvenirs manquants. Cela n'a aucun sens, n'est-ce pas ?

Jericho croisa les bras sur sa poitrine. "Laisse-moi te dire que tu as rencontré ton compagnon là-bas. Ce compagnon est Zenia.

Greyden secoua la tête. "Non."

"Non?"

Il est allé dire que c'était impossible. Un métamorphe reconnaissait sa compagne dès la première odeur. Même s'il voulait nier l'affirmation selon laquelle Zenia était sa compagne, quelque chose le retenait. Son regard aux yeux sombres lui semblait familier pour une raison quelconque, même s'il ne parvenait pas à identifier pourquoi.

— Zenia a rencontré son compagnon destiné à la lune il y a cinq ans, à l'Assemblée, poursuivit Jericho. « Vous et elle avez passé une nuit ensemble, puis le lendemain matin, vous avez disparu. Ce rejet a poussé son loup à battre en retraite, se cachant pour ne pas avoir à pleurer l'homme qui ne l'aimait pas.

"Ce n'est pas moi", a déclaré Greyden. Mais pourquoi les mots n'étaient-ils pas neutres ? Pourquoi l'histoire de Jéricho sonnait-elle avec un sentiment de vérité ? "Ça ne peut pas être moi."

Jéricho pencha la tête. "Ce n'est pas possible ?"

"Pourquoi sent-elle comme mon compagnon?" demanda-t-il encore, plus pour lui-même que pour Jéricho. « C'est impossible, n'est-ce pas ? Deux personnes ne peuvent pas sentir la même chose. Je ne peux pas avoir deux amis. Puis-je?"

"Dites-moi ce dont vous vous souvenez de cette journée."

Greyden fouilla dans ses souvenirs. «Je suis arrivé avec mon sac et je suis parti explorer les vendeurs. J'ai senti l'odeur de... euh. Attendez. Je ne me souviens pas comment je l'ai vue. Elle était juste là.

Il ferma les yeux, concentré. J'essaie de me souvenir. Tout ce qu'il a eu, ce sont des flashs. Comment la brise fraîche faisait danser des mèches de cheveux auburn. Sa main s'enroula autour de ses douces épaules. Était-ce des souvenirs d'elle, ou quelque chose que son esprit venait de conjurer ? Son compagnon n'était pas roux.

« Vous êtes arrivé dans la journée ?

Greyden ouvrit les yeux et remarqua que ces flashs avaient disparu.

"Oui. Mais soudain, il faisait nuit. Je n'ai aucun souvenir de cette période. Il regarda Jéricho avec des yeux écarquillés. "Qu'est-ce qui m'arrive, bordel ?"

"Je pense que quelqu'un a altéré vos souvenirs."

"Ça n'a aucun sens. OMS?"

« C'est ce que nous devons découvrir. J'aimerais t'emmener dans la rue chez une enchanteresse. Peut-être qu'elle pourra faire la lumière sur vos souvenirs manquants.

Chapitre 2

Il y a cinq ans

Zenia ne savait pas où chercher. Le rassemblement annuel des meutes ressemblait à un immense carnaval avec des manèges, des jeux et de la nourriture. C'était la première fois qu'elle et son meilleur ami, Layton, pouvaient y assister. Les parents de Zenia ne lui permettaient pas d'y assister, de peur qu'elle ne retrouve son compagnon à quatorze ans et ne le quitte.

Il y avait un acre de vendeurs vendant de tout, des conserves faites maison à la crème adoucissante pour la fourrure. Tatoueurs, barbiers, maquilleurs. Tout ce qu'on pouvait désirer était là. Elle et Layton traversaient les rangs, les yeux écarquillés fixés sur la fanfare. Des loups de toute l'Amérique du Nord se sont rassemblés pour former des alliances, régler des griefs et trouver des partenaires. Zenia avait le sentiment qu'elle allait trouver le sien, alors elle s'assurait de garder ses sens ouverts et ses yeux sur tout le monde.

Qui a besoin d'un vieux pote étouffant ?" » a demandé Layton.

"Oui," répondit Zenia. « Peux-tu croire tout cela ? C'est incroyable!"

"Ils sont incroyables", ronronna Layton en regardant quelque chose. Zenia suivit son regard et vit deux grands hommes extrêmement beaux qui semblaient tout aussi amoureux d'elle qu'elle l'était avec eux.

"Layton", siffla Zenia. "Ils sont vieux."

"Donc? Cela signifie simplement qu'ils savent quoi faire de leur bite.

Zenia fronça le nez. « Faut-il être si vulgaire ? »

"Ne tourne pas ta culotte", dit-elle en roulant les yeux. « Vous seriez beaucoup moins coincé si vous laissiez un homme tenir le coup. Si vous voyez ce que je veux dire. OK, ce truc de vendeur est ennuyeux. Tu veux venir te présenter ?

"Non merci."

Layton haussa les épaules. "Ta perte. À plus tard."

Elle remua les doigts pour dire au revoir.

« Layton », appela Zenia à son amie, mais elle était déjà partie.

Se mordant la lèvre, elle continua à inspecter les étals des vendeurs, à sourire aux gens et à obtenir des échantillons de toutes sortes de nourriture. Layton était inconstant, toujours à la recherche de quelque chose de sauvage et d'amusant. Elle courait toujours après les garçons ou faisait quelque chose d'imprudent. Mais c'était Layton, et Zenia ne l'a jamais jugé. Quand son amie en aurait assez des hommes, elle reviendrait et ils riraient et s'amuseraient.

Alors qu'elle se tournait pour emprunter une autre allée, un doux parfum lui parvint. Cèdre avec des notes de vanille. Cela lui a mis l'eau à la bouche et elle a cherché la source autour d'elle, mais la brise l'a emportée. Les yeux écarquillés, elle repartit à sa recherche. C'était devenu une dépendance, car au fond d'elle, elle savait que c'était l'odeur de son compagnon. Elle marchait plus vite, presque frénétiquement, se laissant guider par son odeur comme un phare dans la nuit. Et puis, juste devant, se tenait un homme. Grand, musclé, aux cheveux noirs, il discutait avec un vendeur. Zenia se tenait là, incapable de le quitter des yeux. Elle l'avait traqué et maintenant elle avait peur de bouger.

Une brise rafraîchissante souleva ses cheveux, et un instant plus tard, son compagnon se mit soudain au garde-à-vous. Il regarda autour de lui, frénétiquement, et lorsque leurs regards se croisèrent, tout sembla disparaître. Ils étaient tout ce qui existait dans leur petite bulle. Puis l'homme s'avança vers elle, le visage déterminé. Zenia fit de même, se précipitant en avant, puis ils s'arrêtèrent l'un devant l'autre. Il baissa la tête et passa son nez sur son cou. Un petit gémissement s'échappa de ses lèvres et il répondit par un grognement.

"Tu es mon compagnon", dit-il d'une voix rauque.

"Oui", a-t-elle reconnu. "Je m'appelle Zenia."

"Je m'appelle Greyden." Il lui attrapa la main et enfila leurs doigts ensemble. "Allez. Allons nous asseoir et discuter.

Elle acquiesça de la tête et il la tira à travers la foule et les vendeurs jusqu'à ce qu'ils atteignent une colline où les branches d'un grand arbre les protégeaient du soleil brûlant. Alors qu'ils étaient assis l'un en face de l'autre, elle l'étudiait tout comme il l'étudiait. Son cœur battait à tout rompre dans sa poitrine, l'excitation faisant danser les papillons bas dans son ventre.

"Je m'appelle Greyden James," dit-il doucement. "De la meute Kaudiff dans l'Idaho."

«Je m'appelle Zenia Zierdan. Sheridan Pack au Colorado.

"ZZ." Il lui sourit. « Est-ce la première fois que vous venez à ce rassemblement ? »

Elle acquiesça. «J'ai eu dix-huit ans il y a quelques mois. Mes parents ne m'ont pas laissé venir quand j'étais plus jeune au cas où je trouverais mon compagnon. Qui est toi. Donc, je suppose qu'ils ont fait preuve de prudence.

Il sourit. "J'ai deux ans de plus que toi."

"Es-tu a l'Université?"

"Plus maintenant", a-t-il répondu. « J'ai suivi des cours en ligne car y assister n'était pas une option. Maintenant, je m'entraîne sous la direction de mon père, qui est l'alpha. Mon espoir est d'élargir notre meute en créant des emplois et des logements abordables. Faites venir tous les loups solitaires qui souhaitent retourner dans la vie de meute ou tous ceux qui souhaitent changer de décor.

«Je suis en quelque sorte le deuxième», a-t-elle admis doucement. "L'alpha que nous avons est horrible."

Il tendit la main et lui caressa légèrement le dos de la main. « Vous avez une nouvelle maison maintenant. Avec moi. Et mon père est génial.

Elle baissa la tête en souriant. Greyden releva son menton avec un doigt.

"Tu n'as pas besoin d'être timide avec moi", murmura-t-il en repoussant quelques cheveux derrière son oreille. "Tu es si belle. Je suis un homme chanceux."

Chapitre 3

Zénia."

Elle cligna des yeux alors que le souvenir s'effaçait. Luna Paytons était assise devant elle, les sourcils froncés d'inquiétude. Zenia ne se souvenait pas du trajet jusqu'au restaurant. Je ne me souvenais pas de m'être assis à table. Apparemment, c'est ce qu'elle a fait puisque c'est là qu'elle se trouvait.

"Pouvez-vous me dire ce qui s'est passé ?"

« Il est là », répondit-elle d'un ton sourd. « Mon compagnon. Mais il ne se souvient pas de moi. Comment a-t-il pu effacer complètement toute trace de moi de son esprit ?

Payton s'est couvert la main avec l'une des siennes. « Parfois, les gens sont cruels sans raison, mais cela n'a rien à voir avec vous. Ce n'est pas de ta faute. Vous êtes une femme douce et gentille, et s'il ne peut pas le voir, c'est sa perte.

«Je pensais que j'allais mieux», murmura-t-elle avec douleur. "Mais je me sens aussi cru que le jour où c'est arrivé. Je déteste qu'il m'ait fait ça. Je déteste qu'il puisse effacer tout le travail en un seul instant.

"Je sais", a déclaré Payton. « Mais tu n'es pas seul cette fois. Vous m'avez et vous avez Jéricho. Nous ne vous laisserons pas tomber à nouveau.

"Moi aussi!" Esmeralda se laissa tomber sur une chaise. « Que t'a-t-il dit exactement ?

« Il a dit qu'il ne pouvait pas... »

La vieille femme écarta cela d'un geste. "Non pas ça. Avant."

«Euh. Il a dit que je sentais comme son compagnon et il se demandait pourquoi.

"C'est bizarre", a déclaré Payton. "Deux personnes ne peuvent pas avoir la même odeur, n'est-ce pas ?"

"Non, ils ne peuvent pas," murmura Esmeralda. Elle croisa les bras et se tapota le menton avec un doigt. "Je parie que quelqu'un a trafiqué son esprit."

"Quoi?" Payton se pencha plus près. « Comme effacer l'édition ? Est-ce une chose ?

« Tout est possible, je suppose. Mais je pensais modifier les événements.

"Mais qu'en est-il de l'odeur ?"

"Oh, cette partie est la plus facile à comprendre. Son supposé compagnon a eu un transfert d'odeur."

Zenia cligna des yeux. "Cela semble un peu dégoûtant."

"C'est un sort." Esmeralda sauta sur ses pieds. "Assez facile. Tout ce dont la personne aurait besoin, c'est de quelque chose qui vous appartient. Allez, visitons Savannah.

Elle est pratiquement sortie du restaurant en courant.

«Je suppose que je tiens le fort», fit remarquer sèchement Payton.

Zenia hocha la tête et suivit la femme plus âgée. Lorsqu'elle entra dans l'apothicaire, elle vit immédiatement Greyden. Chaque muscle se raidit.

"Je vois que tu es arrivé à la même conclusion, Alpha."

"Un sort?" il a dit.

"Ouais." Elle a fait sauter le p.

"Bonjour, Zenia," dit doucement Savannah.

"Salut," répondit-elle, incapable de détourner son regard de Greyden.

Savannah s'approcha de lui et renifla. Son nez se plissa comme si elle avait senti une odeur de pourriture.

« Magie noire », dit-elle. "Très puissant. Combien de temps?"

«Cinq ans», répondit Greyden.

Je vois."

"Est-ce un problème?" » demanda Zénia.

« Plus le sort dure longtemps, plus il devient fort. Jetez-y de la magie noire et, eh bien, elle ne voudra pas vous abandonner.

Greyden fronça les sourcils. "Pouvez-vous le supprimer?"

«Je ne sais pas», a-t-elle admis. "Je l'espère. Il y a peut-être une potion que je peux préparer, mais elle a besoin de quelques heures pour fermenter."

« Très bien, » dit-il. "Le plus tôt sera le mieux."

« Zenia, tu peux peut-être lui parler. Rappelez-lui votre lien. Cela pourrait aider.

Il regarda Zenia. « Voudriez-vous me parler ? »

«Je ne sais pas», murmura-t-elle.

"S'il te plaît. Je pense que nous sommes tous les deux des victimes ici.

Elle en était la victime. Pas lui. Comment un homme aussi fort et puissant se considère-t-il comme une victime ? Elle ne pouvait pas le regarder. Je n'étais pas capable de regarder quelqu'un dans les yeux. C'était trop. Trop de gens la regardaient avec pitié dans les yeux. Les murs commençaient à s'effondrer sur elle. Se retournant, elle s'enfuit, ayant besoin d'espace. Besoin de s'éloigner de chacun d'eux. Elle courut vers les bois et se glissa sous la fraîche canopée des arbres. Courant jusqu'à ce que ses poumons la brûlent, elle se retrouva dans une clairière. Zenia a laissé tomber ses genoux et c'est à ce moment-là qu'elle s'est effondrée, perdant le contrôle de ses émotions. Les larmes coulaient sur ses joues alors qu'elle s'agenouillait, entraînant l'air vif dans ses poumons.

"S'il te plaît, ne pleure pas."

Surpris, elle poussa un petit cri et se retourna, tombant à genoux. Greyden se précipita pour l'aider et dès que leur peau se toucha, un éclair traversa son corps. Il retira brusquement ses mains et les regarda.

"Ca c'était quoi?"

"Tu sais ce que c'était", murmura Zenia. "Seuls les vrais amis ont une telle attirance."

Il serra les poings et s'abaissa sur le sol. Ils se regardèrent. Sa mâchoire se contracta, comme s'il essayait de retenir sa rage.

"Racontez-moi comment nous nous sommes rencontrés."

Sa voix était différente et elle réalisa qu'il était en mode alpha. Elle le regardait simplement, attendant. Il était son compagnon et, en tant que tel, ne pouvait la contraindre à rien. Au bout d'un moment, il ferma les yeux, les épaules affaissées.

"S'il te plaît," supplia-t-il.

« La journée était comme celle-ci... »

Chapitre 4

17

Il y a cinq ans,

Greyden leur a acheté des pommes au caramel et leur a remis les siennes.

«J'adore ça», dit-elle.

"Moi aussi." Il en mordit profondément, faisant gonfler sa joue.

Elle a ri mais a fait la même chose. Il ne leur a pas fallu longtemps pour finir leur friandise collante et ils ont couru vers les toilettes pour se laver les mains. Une fois de plus propre, il lui tendit la main et elle entrelaça leurs doigts.

"Est-ce que c'est toujours comme ça entre potes ?" elle a demandé.

« Je n'en suis pas sûr, mais mes parents ne peuvent pas se tenir la main. N'est-ce pas pareil pour le vôtre ?

«Mes parents n'auraient probablement pas dû être amis», a-t-elle admis. "Ils se battent tout le temps."

"Je suis désolé d'entendre ça." Il la tira pour qu'elle s'arrête. « Je promets que nous ne serons pas comme ça. Je viens de te rencontrer mais je tombe déjà amoureux de toi. Et nous aimons tous les deux les pommes au caramel, alors c'est ce qui nous convient.

Elle rit.

"Veux-tu être mon rendez-vous pour le bal de ce soir?"

« Bien sûr, mais je dois vous prévenir. Je peux vous marcher sur les pieds.

"Je ne m'inquiète pas à ce sujet."

"Beaucoup."

« Êtes-vous en train de dire que vous avez deux pieds gauches ? il a taquiné.

« Est-ce un facteur décisif ? »

Il l'attira contre lui, verrouillant ses mains autour du bas de son dos. « Vous pourriez en fait avoir deux pieds gauches et je m'en fiche. Vous pourriez avoir un chat de compagnie et je m'en fiche. Vous pourriez être végétarien et je m'en fiche. Tu pourrais avoir un tatouage de Scooby-Doo sur le cul, et je m'en fiche.

"Comment savez-vous ?" Elle haleta.

Il lui a bouché le nez. "Il n'y a rien sur terre qui puisse jamais constituer une rupture entre nous."

Greyden lui prit le visage en coupe et baissa lentement le sien, et ses yeux se fermèrent. Il effleura légèrement ses lèvres avec les siennes, se retenant de les approfondir. Mille étoiles éclataient derrière ses paupières et son cœur battait à tout rompre dans sa poitrine. En ce qui concerne les premiers baisers, c'était le meilleur.

Lorsque Greyden se retira, ses yeux étaient écarquillés de respect. Il la regarda comme si elle accrochait la lune et transformait l'eau en vin.

"Tu es la plus belle chose que j'ai jamais vue," lui dit-il doucement.

"Je pensais pareil."

"Les hommes ne peuvent pas être beaux."

"Bien sûr qu'ils le peuvent", dit-elle en souriant. "Mais je suppose que tu préfères être beau."

« C'est beau, je peux le faire. Sexy. Chaud. Je peux les faire aussi.

Elle a ri.

"Je sais que nous venons de nous rencontrer", a-t-il poursuivi. « Je sais qu'il y a des choses que nous devons comprendre, mais j'ai hâte de tout apprendre sur vous. J'ai hâte de voir notre avenir ensemble.

"Je suppose que cela signifie que je dois rejoindre votre meute."

"Oui. Mon père est l'alpha donc je ne peux pas venir chez toi. Je suis désolé à ce sujet. Sheridan va-t-il vous manquer ?

"Oui et non. Comme je l'ai dit, Alpha Bennett est un leader épouvantable, donc cela ne me dérange pas de quitter ce rôle. Mais ma famille et mes amis me manqueront.

«Ma famille sera votre famille. Ma maison sera la vôtre. Il se tapota la poitrine. "Mon cœur est entre tes mains."

Elle baissa la tête. «J'ai le sentiment que tu es extraverti. Je suis introverti. J'espère que vous ne vous ennuierez pas avec moi.

Il lui releva le menton avec un doigt. "Pas à moi. Je sais que nous venons de nous rencontrer, mais j'ai le sentiment que tu ne m'ennuieras jamais. J'espère que je ne t'ennuierai pas.

"Jamais."

Chapitre 5

21

Zenia cligna des yeux, sortant du passé. Elle ne s'était pas laissée penser à leur rencontre depuis des années. Cela avait été trop douloureux.

"Je ne peux pas croire que j'ai perdu ces souvenirs."

Elle essuya l'humidité de ses yeux. «Nous avons passé une journée et une nuit ensemble. Vous étiez parti le matin.

Il fronça les sourcils. "Cela ne donne pas beaucoup de marge de manœuvre à une personne pour vaudou mon cul."

"Tu as raison. Et je n'arrive pas à croire que tu aies dit du vaudou.

"Cela semblait approprié."

« Et si nous ne pouvons pas supprimer le sort ? » C'était la question qui lui trottait dans la tête. Une question qui pourrait briser son cœur très fragile. « Est-ce que tu retournes chez ton compagnon ?

«On dirait que c'est elle qui aurait pu me faire ça», marmonna-t-il. "Et si c'est le cas, comment puis-je le faire ?"

"Alors je croise les doigts." Elle se leva. "Nous devrions rentrer."

Il se leva, mais avant qu'elle ait pu s'éloigner trop, il lui saisit le bras.

"Zenia, je veux être tout à fait clair: quoi qu'il arrive avec la suppression de ce sort, je ne la garderai pas comme compagne."

Elle scruta ses yeux, à la recherche de toute sorte de tromperie. « J'aimerais pouvoir le croire, mais l'histoire a tendance à se répéter. Ne promettons rien. D'accord?"

Il hésita un instant, cherchant quelque chose qu'elle n'était pas sûre de pouvoir lui offrir. "Ouais. Bien sûr."

Zenia retira son bras, incapable de supporter son contact alors qu'il n'avait aucune idée de qui elle était. Qui ils étaient. Elle avait vécu trop de choses pour pouvoir à nouveau lui faire confiance.

De retour en ville, ils se dirigèrent vers le restaurant. Payton les a conduits à un stand et leur a apporté du café. Zenia ne savait pas quoi lui dire, alors elle se contenta de préparer sa boisson comme elle l'aimait et regarda par la fenêtre.

"Avez-vous de la famille?"

Elle se tourna vers lui. "Pas plus. Le dernier alpha a tenté un coup d'État et a soumis mes parents à un lavage de cerveau pour qu'ils se battent pour lui. Alpha Jericho les a arrêtés.

"Pourquoi ne t'a-t-il pas tué ?"

« Premièrement, je ne participerai jamais à un coup d'État », a-t-elle répondu. "Deuxièmement, j'étais dans une... maison de retraite."

Il pencha la tête. « Une maison de retraite ?

Elle soupira, détestant cette partie. Il avait le droit de savoir, et si cela l'envoyait faire ses valises, c'était au moins maintenant, quand il avait la possibilité de s'en aller encore. « Une maison de réadaptation en santé mentale. »

Il resta silencieux pendant quelques longues minutes tout en l'étudiant.

"Pourquoi étais-tu là-dedans?"

"Dépression et anxiété. Des pensées sur... »

Elle s'interrompit, ne voulant pas prononcer la suite de la phrase. Elle aurait dû savoir qu'il ne laisserait pas ça mentir.

« Des pensées à quoi ? »

Au lieu de cela, elle a fait glisser le revers de son chemisier pour le lui montrer au lieu de l'exprimer. Une longue et fine pièce d'argent s'alignait depuis son poignet jusqu'à mi-hauteur de son bras. Il lui prit doucement le bras et passa le bout de ses doigts sur la cicatrice.

"Vous vous êtes fait du mal."

"J'ai essayé", dit-elle en tirant son bras en arrière pour pouvoir baisser sa manche. "La guérison du loup, cependant, a commencé. J'aurais dû procéder avec quelque chose de plus rapide."

"Ne dis pas ça," grogna-t-il. « Était-ce à cause de moi ? Parce que je t'ai apparemment rejeté ?

"Cela en faisait partie."

Elle n'a pas précisé.

« Celui qui m'a fait ça, nous le paiera. Je sais que tu ne me crois pas, mais je promets que je vais arranger ça.

Elle prit sa tasse et but son café, mettant ainsi fin à la conversation. Elle ne voulait plus qu'il pose de questions. Son passé n'était pas sujet à discussion. Si sa soi-disant compagne bouleversait ses souvenirs et le lui enlevait, alors elle voudrait son kilo de chair. Elle ne le ferait pas tant que cette garce n'aurait pas payé pour ce qu'elle avait fait.

Un téléphone portable sonna, la surprenant, et à l'expression du visage de Greyden, il sut qui était sur l'autre ligne.

"Quoi?" » répondit-il, la voix coupée. "Un mauvais jour? On pourrait dire que...

Zenia fit un mouvement rapide de la main, secouant la tête. Son regard se plissa mais il concéda ce qu'elle demandait.

«Rien», dit-il. "Je vais devoir vous rappeler." Il a raccroché l'appel et a posé son téléphone sur la table. "Pourquoi m'as-tu empêché de lui dire ?"

"Nous devons nous assurer que cette potion va fonctionner, sinon elle va renforcer le sort qui pèse sur toi."

« Très bien, » dit-il. "Bon appel."

Payton est venu et a demandé s'ils avaient besoin de quelque chose.

"Non, merci. Avez-vous entendu quelque chose ?

Payton secoua la tête. "Pas encore. Bientôt. On croise les doigts. Elle les brandit pour montrer qu'ils étaient effectivement contrariés.

"J'espère", dit Zenia en essayant de sourire. Elle avait peur que cela se transforme en grimace.

Payton les quitta une fois de plus, faisant le tour des clients.

"Je n'arrive pas à croire que Luna travaille comme serveur", songea-t-il.

"Est-ce un soupçon de dérision que j'entends?"

"Quoi? Non bien sûr que non. Je suis juste surpris. Ma mère et ma mère, c'est-à-dire la femme qui prétend être ma compagne, ne se rabaisseraient jamais en travaillant dans un restaurant.

"Alors qu'est-ce qu'elle fait toute la journée?"

« Vous savez, je ne suis pas vraiment sûr. J'ai un bureau où je vais et elle fait son propre truc. Nous avons essayé d'avoir un enfant, mais maintenant je sais pourquoi nous n'avons pas réussi à concevoir.

Zenia recula brusquement. Il avait essayé d'avoir un enfant. Un avec elle, cette femme qui a failli réussir à la détruire. La haine brûlait dans son cœur, et cela lui faisait peur à quel point elle voulait blesser le voleur de compagnon inconnu. Puis elle se demanda si Greyden avait réalisé à quel point cela lui faisait mal d'entendre parler de lui en train d'avoir des relations sexuelles avec cette femme qui ne lui appartenait pas. Cela s'est produit, bien sûr. L'adultère n'était pas réservé aux humains, mais il était rare. Lorsque la HighLuna créait des partenaires, elle s'assurait d'inclure l'étincelle d'attraction. Elle a également rendu extrêmement difficile la conception d'enfants en dehors du lien.

"Oh," marmonna-t-il, l'air malade. «Je viens de réaliser que j'ai trahi notre lien. Putain."

"Tu ne le savais pas", murmura-t-elle en essuyant une larme perdue.

« Ne me facilitez pas la tâche », dit-il en secouant la tête. « Je ne peux pas utiliser l'excuse que je ne connaissais pas, pas quand tu m'as montré ta cicatrice. Tu aurais pu m'être enlevé sans même que je sache pour toi. Elle m'a volé ça.

Ses paroles ont aidé. Un peu. Où sont-ils allés à partir de là ? Elle voulait lui pardonner comme ça, mais elle avait du mal à l'imaginer enroulé autour du corps d'une femme sans nom et sans visage. Payton revint, lui donnant un sursis de ses pensées.

«Savannah vient d'appeler. Elle a besoin de vous deux. Greyden sortit son portefeuille et elle lui fit signe de s'éloigner. « Ne vous inquiétez pas pour ça. J'espère juste qu'elle a de bonnes nouvelles.

«Moi aussi», dit-il.

Il se leva de la cabine et tendit la main à Zenia. "S'il te plaît."

Lentement, elle posa sa main dans la sienne, le laissant l'aider à se relever. Il ne l'a pas lâché. En regardant l'endroit où ils étaient rejoints, elle se souvint de la nuit qu'ils avaient passée ensemble. Elle voulait lâcher sa main, mais elle s'aperçut qu'elle n'y parvenait pas. C'était peut-être insensé d'espérer qu'elle puisse vivre une vie heureuse pour toujours, mais cela n'empêchait pas son cœur de désirer.

Chapitre 6

Il y a cinq ans

Greyden enroula ses bras autour de son corps, la serrant contre lui. Elle respirait son odeur, lui confiant ainsi sa mémoire. Zenia savait qu'il faisait de même. Pour les métamorphes, l'odorat était l'un des sens les plus importants dont ils disposaient. Tout se résumait à l'odeur. L'amour. Peur. Tromperie. Même comment ils ont trouvé leurs compagnons. Chaque émotion avait une odeur distincte.

Ils dansaient depuis des heures et elle avait mal aux pieds, mais elle ne voulait pas quitter le refuge de ses bras. Henusa le haut de sa tête. Une dureté se pressa contre elle, et elle savait que ce devait être sa queue. Cela lui faisait mal intérieurement, un battement de cœur dans sa poitrine.

Greyden », souffla-t-elle. "Je te veux."

Il se recula pour la regarder. "Es-tu sûr? Je pensais que nous attendrions la cérémonie d'accouplement.

Elle secoua la tête. «Je ne veux pas attendre. Je veux qu'on soit ensemble."

Il lui prit la main et la fit sortir de la piste de danse. Dehors se trouvaient des groupes de personnes, certains buvant, d'autres assis autour de foyers. Il l'éloigna de tout le monde et l'emmena dans la forêt.

Lorsqu'il trouva ce qu'il cherchait, il s'arrêta et se tourna vers elle. Une tache de clair de lune illuminait leur endroit, le parfum des pins les entourait. Dans la nature, il l'a aidée à la déshabiller avant de faire de même. Leurs vêtements tombèrent et chacun rassembla l'autre.

«Je n'ai jamais été avec un homme auparavant», a-t-elle admis.

"Jamais?"

Elle secoua la tête. «Avez-vous déjà été avec une femme auparavant?»

Il cligna des yeux. «Euh. Ouais, bébé. J'ai."

"Oh," dit-elle. "Alors, tu as fait l'amour?"

Il n'avait pas besoin de répondre. Elle a vu la vérité dans ses yeux. Zenia ne savait pas ce qu'elle ressentait à ce sujet.

"Je suppose que c'était stupide de ma part de penser que tu étais vierge."

"Pas stupide. Mais je peux vous promettre que je ne me souviens d'aucune autre femme et qu'il n'y aura jamais personne d'autre.

"Promesse?" elle a demandé.

Il écarta quelques cheveux de son visage. "Promesse."

Déplaçant doucement sa main derrière sa tête, il posa ses lèvres sur les siennes et passa sa langue sur le bord de sa bouche. Quand ils se séparèrent, il passa sa langue à l'intérieur. Elle n'avait jamais été embrassée auparavant, elle n'avait jamais ressenti de désir, mais il la faisait brûler. Gémissant doucement, il enroula son autre bras autour de son dos et la pressa contre son corps. Zenia s'appuya contre sa bite dure, cherchant quelque chose pour apaiser la tension à l'intérieur de son propre corps.

"Avez-vous déjà fait quelque chose?" » demanda-t-il, l'une de ses grandes mains glissant le long de son torse jusqu'au dessous de ses seins.

"Non, rien", murmura-t-elle. "Je le promets, je suis un bon élève."

"Je n'en ai jamais douté."

Il l'aida à descendre et l'embrassa à nouveau. Le long de son cou, en suçant doucement, puis en descendant plus loin dans sa poitrine. Il l'embrassait entre les seins, les prenait en coupe et faisait rouler ses pouces sur les pointes durcies de ses mamelons. Elle cambra le dos et se pressa entre ses mains. Le pincement s'est propagé jusqu'à son cœur, allumant un feu entre ses jambes.

"Tu es parfait," murmura-t-il. Il passa son doigt sur les lèvres de sa chatte. "Tu n'as jamais été embrassé ici?"

Elle se tortilla un peu, tout son corps en feu. "Non, je n'ai jamais été embrassé là-bas."

"Tu vas apprécier ça."

Il lui sourit avant de l'embrasser le long de son corps. Il écarta ses cuisses, posa son nez contre ses plis et la respira. La large surface plate de sa langue lécha du bas de ses lèvres jusqu'au sommet. Les yeux révulsèrent dans sa tête.

"Tu as si bon goût, petit loup."

Il ferma la bouche sur son clitoris, l'entourant de sa langue. Zenia se déhancha en gémissant. Il a verrouillé ses mains sous ses fesses, la soulevant jusqu'à sa bouche comme si c'était un festin. En gardant un rythme et une pression constants. De petits gémissements doux de plaisir miaulèrent alors qu'il enfonçait lentement sa langue dans son trou, travaillant sa chatte jusqu'à ce qu'elle se heurte à son visage.

"Viens pour moi, bébé."

Son dos se cambra et ses doigts s'enfoncèrent dans la mousse sur laquelle elle reposait. La tension montait, vague après vague, là où le temps semblait s'être arrêté. Une explosion d'électricité vibra vers le haut jusqu'à engloutir tout son corps, jusqu'à ce que la tension disparaisse.

Puis elle s'est envolée.

Il glissa le long de son corps jusqu'à ce que ses seins soient pressés contre sa poitrine, la regardant dans les yeux.

Cela pourrait faire mal, mais je vais essayer d'être aussi doux que possible."

«Je te fais confiance», dit-elle.

Il l'embrassa en pressant ses hanches contre elle. La tête de sa queue reposait contre sa chatte, écartant doucement les lèvres. Sa respiration devint superficielle alors qu'elle attendait qu'il la prenne. Elle aimait lire des romans, alors elle savait qu'elle s'attendait à de la douleur.

"Ça va?"

Elle hocha la tête, incapable d'utiliser sa voix.

Il poussa ses hanches vers l'avant, poussant plus profondément. Pour une raison quelconque, elle commença à paniquer et posa ses mains sur sa poitrine, l'arrêtant.

"Tu veux que j'arrête ?" » demanda-t-il d'une voix grave.

« Non, juste... attends. S'il vous plaît, donnez-moi un moment.

Greyden repoussa les cheveux de son visage. "Tu vas si bien, bébé. Détends-toi. C'est ça. Je suis ici avec toi.

Elle hocha la tête, prenant une profonde inspiration et se détendant mentalement. «Très bien», dit-elle.

"Tu es prêt?"

"Oui."

Ses larges épaules se tendirent alors qu'il poussait fort et vite. La douleur enlevait toute sensation de plaisir. Greyden se tenait immobile, la laissant s'habituer à se faire bourrer de bite. Ce n'est que lorsqu'il essuya une larme qu'elle réalisa qu'elle pleurait.

"Je suis désolé bébé. Voulez-vous que je m'arrête?"

"Non," répondit-elle en lui attrapant les hanches. « Je savais qu'il y aurait de la douleur. C'est bon. Cela s'atténue. »

Aussi choquante que la douleur ait été, elle s'est atténuée au bout d'un moment. Elle fit un signe de tête à Greyden et lui tapota les hanches, lui faisant savoir qu'elle était prête. Il se retira et glissa lentement à l'intérieur. Chaque fois que la grosse tête bulbeuse s'enfonçait en elle, des picotements traversaient son corps.

"Tu es si belle," murmura-t-il. « Tu me prends si bien. Je sais que ça fait mal.

"Tout va bien maintenant." Elle se releva et déposa un baiser sur sa bouche. "Prenez-moi."

Commençant lentement, il se déplaçait progressivement plus vite, poussant sa bite plus fort et plus profondément à chaque poussée. Elle ne pouvait pas s'arrêter de gémir, commençant vraiment à apprécier à quel point elle était pleine. Ce qu'elle aimait le plus, c'était de voir le plaisir sur son visage. Elle adorait que ce soit elle qui lui donne ça.

Il plongea de plus en plus vite, la sueur perlant sur son front.

"Oh, putain... oh, putain." Il a poussé une fois et son corps s'est enfermé alors qu'il inondait sa chatte vierge de sperme. Pendant quelques longs instants, il ne bougea pas, jusqu'à ce que sa queue commence à ramollir. Il se retira et la regarda. "C'était incroyable."

Il se pencha pour déposer des baisers sur ses lèvres, son nez, sa joue et son front. N'importe quel endroit qu'il pourrait atteindre. Elle lui sourit, puis soudain il glissa le long de son corps pour prendre son clitoris dans sa bouche. Elle voulait lui rappeler que son sang vierge et son sperme s'échappaient d'elle, mais la stimulation l'a secouée. Son orgasme prit de l'ampleur jusqu'à ce qu'un frisson tonitruant la traverse. Cela lui coupait le souffle et elle restait haletante. Greyden s'allongea à côté d'elle et la prit dans ses bras. Son corps se contracta sous les secousses des répliques.

"Le mien", fut la dernière chose qu'elle entendit en fermant les yeux.

Chapitre 7

— Très bien, dit Savannah en levant un gobelet rempli d'un liquide argenté.

Greyden releva la tête. "Ce n'est pas de l'argent, n'est-ce pas ?"

Savannah parut offensée. « Absolument pas. L'ingrédient principal est l'aigremoine. Cela combiné avec du chardon béni et une touche de magie enchanteresse lui donne cette couleur. Espérons que cela devrait faire l'affaire. Asseyez-vous sur cette chaise et buvez tout dans un seul cadre. Vous ne pouvez pas le siroter.

"D'accord," dit Greyden en s'asseyant.

« Cela va être la partie la plus difficile. Lorsque la potion brise le sort, il va convulser. Alpha, j'ai besoin que tu l'attaches à la chaise avec ces élastiques. Savannah regarda Zenia. «Ça va faire peur, mais tout ira bien pour lui. D'accord?"

Elle acquiesça.

Savannah les conduisit de sa boutique à l'appartement à l'étage. Elle avait une chaise au milieu de la cuisine, posée sur une grande serviette de plage. Jéricho était également là et les attendait.

Greyden prit le bécher et regarda Zenia, gardant un contact visuel pendant qu'il le buvait. Quand il eut fini, il grimaça. "J'aurais pu utiliser du sucre."

"C'était probablement l'absinthe."

Il fronça les sourcils. "N'est-ce pas dans l'absinthe ?"

"Est-ce que c'est?"

Jericho s'est approché et l'a attaché. Savannah a vérifié le serrage des attaches.

«Bien», dit-elle.

"Maintenant quoi?" » demanda Zénia.

«Cela pourrait prendre dix minutes ou dix heures. Difficile de prédire la force de ces sorts, mais je suppose qu'ils sont sacrément puissants après cinq ans. Ce serait peut-être une bonne idée de revenir. Je peux t'appeler."

«Je ne le quitte pas», dit-elle.

Savannah hocha la tête et attrapa une autre chaise sous la table pour que Zenia puisse s'asseoir. Puis elle et Jericholeft, lui donnant un moment, ainsi qu'à Greyden.

"Merci d'être resté."

Elle haussa les épaules. "Tu ferais la même chose."

"J'aimerais penser que je le ferais", a-t-il déclaré. "Je n'en reviens pas du fait que si je n'étais pas venu ici, j'aurais encore complètement ignoré ce qui s'est passé."

Zenia baissa les yeux sur ses mains. « Étiez-vous content d'elle ?

"J'aurais aimé que tu ne me demandes pas ça."

« Vous n'êtes pas obligé de répondre si vous ne le souhaitez pas, » dit-elle doucement.

« Vous, parmi quiconque, avez le droit de poser les questions difficiles. Étais-je heureux ? Je suppose. Étais-je amoureux? Il réfléchit un instant. "Je ne sais pas. Je pensais que oui, mais il y avait toujours une voix au fond de ma tête qui me disait que quelque chose n'allait pas. Et maintenant je sais que cette voix était la tienne.

« Est-ce que tu aurais préféré ne pas venir ici ? »

"Oui," répondit-il. "Et non. Surtout non. Plus non que oui.

«Je peux comprendre ça», dit-elle doucement. «J'étais pareil. Après mon retour de la maison de retraite, Alpha Jericho m'a proposé un emploi. Je ne pouvais pas retourner dans la maison dans laquelle je vivais avec mes parents, alors je l'ai vendue et j'ai loué une petite maison pas trop loin du café où tu m'as trouvé.

« Ton odeur s'est dirigée vers moi et je suis parti à la chasse. Finalement, je t'ai trouvé.

Elle hocha la tête, n'ayant pas besoin de rejouer les événements. « Que va-t-il se passer lorsque le sort sera levé ? »

Il hésita un instant. "Bonne question. Je suppose que le lien d'accouplement reviendra pour nous une fois de plus, et je retournerai dans ma meute avec toi à mes côtés.

«Je ne sais pas si je peux y aller avec toi», dit-elle. « Elle est là. Elle était dans ton lit. Cuit dans votre cuisine. Nettoyé votre maison. Vous avez eu cinq ans d'anniversaires et de Noël. Vous savez qu'elle aime et n'aime pas.

"Tout cela n'était qu'un mensonge, donc rien de tout cela n'a d'importance."

Cela comptait pour elle. Il y avait encore une information qu'il ignorait, et elle ne savait pas si elle devait le lui dire. Peut-être qu'elle attendrait de voir s'il restait encore un lien. Pas besoin de faire remonter des douleurs inutiles.

« Je vais vendre cette foutue maison », a-t-il poursuivi alors qu'elle ne disait rien. « Je ne peux pas rester ici avec toi à Sheridan... »

« Je sais, » injecta-t-elle rapidement. « Votre père est l'alpha. Je ne te demanderai jamais ça. Je dis seulement que peut-être trop de temps s'est écoulé. Peut-être que lorsque le charme sera rompu, notre lien le sera aussi.

"Je n'y crois pas du tout." Il secoua la tête. "Quelqu'un a trafiqué le plan de High Luna pour nous, et quand nous saurons qui, comment et pourquoi, je lui ferai payer."

À ce moment-là, il haleta de douleur et se pencha aussi loin qu'il le pouvait.

Elle se leva d'un bond et se précipita à ses côtés. « Greyden ?

Un gémissement d'agonie éclata et la sueur coula immédiatement sur son front.

"Je pense que cette enchanteresse a vraiment minimisé à quel point cela allait faire mal." Son corps se raidit et il ferma les yeux, essayant de garder sa respiration régulière. Une fois la vague passée, il ouvrit les yeux et la regarda. "Parle moi."

"À propos de quoi?"

"Peu importe. Je dois ne plus penser à ce qui se passe.

"D'accord," dit-elle en se creusant la tête. «Euh, en grandissant, je voulais être écrivain. J'adorais lire des livres d'amour, parce qu'ils avaient toujours une fin heureuse.

"Et qui n'aime pas une fin heureuse ?"

"Précisément." Elle a souri.

Une autre intense douleur le laissa haletant.

«Je pense qu'aujourd'hui pourrait être le jour où je pleurerai. Il vaudrait mieux rompre ce putain de sort parce que je ne veux plus revivre ça.

Pendant les vingt minutes suivantes, la douleur devint plus rapide que la dernière fois et s'intensifia. Zenia se sentait impuissante et quand il a commencé à vomir, elle a eu peur. Une substance gluante et noire, faute d'une meilleure description, coulait de sa bouche. La boue ondulait, se transformant en différentes formes. Il se précipita dans sa direction et elle tomba pratiquement de la chaise. Paniquée, elle a couru vers la cage d'escalier et a crié pour Savannah avant de se précipiter aux côtés de Greyden. Il était couvert de vomi noir, qui s'enroulait autour de ses jambes, comme s'il essayait de l'escalader. On aurait dit qu'il voulait remonter dans sa bouche. Ses yeux révulsèrent dans sa tête, ne laissant visible que la sclère blanche. C'était terriblement maléfique. Des pas se précipitèrent dans l'appartement et Savannah s'arrêta brusquement.

Savannah a jeté une poudre blanche sur la boue. Un cri perçant a rempli la pièce, mais un instant plus tard, il s'est évaporé dans une bouffée de fumée noire. Greyden baissa la tête, les yeux fermés. Puis il commença à convulser, son corps tremblant de manière incontrôlable.

"Est-ce censé se produire?" Zéniacry.

"Non," dit Savannah. «Je dois prendre un antidote. Je reviens tout de suite."

Elle disparut à nouveau et Zenia attrapa des serviettes en papier pour essayer de le nettoyer. Le sang s'était écoulé de son visage, le laissant pâle et ses cheveux ruisselaient de sueur.

«Greyden», murmura-t-elle. « Tu m'entends ? Greyden ? S'il te plaît, reviens moi. Nous avons toute une vie devant nous, mais seulement si vous ouvrez les yeux.

Savannah retourna en courant dans la cuisine avec des feuilles rouges à la main. « Aide-moi, Zénia. Prends-en et mets-en autant que possible dans sa bouche.

Zenia les saisit et les fourra frénétiquement dans la bouche de Greyden. Savannah versa un liquide clair dans sa main et le frappa sur son front, marmonnant une incantation dans sa barbe. Pendant quelques minutes, rien ne s'est passé, puis tout à coup il a pris une grande bouffée d'air et s'est mis à tousser. Des morceaux de feuilles tombaient sur le sol comme des confettis obscènes. Cette fois, de la boue d'argent sortit de sa bouche.

Savannah poussa un soupir de soulagement frissonnant. "Il ira bien."

« Qu'est-ce qui est arrivé à mes vêtements ? » La voix de Greyden était superficielle. Il pouvait à peine ouvrir les yeux.

"Rien qu'un bon nettoyage ne puisse réparer", dit Zenia en le libérant des cordons. Une fois relâché, il se pencha vers elle et elle le serra fort, sans se soucier de son vomi. Elle regarda Savannah. "Ce qui s'est passé?"

« Ce n'est pas un simple sortilège », dit-elle. « Ce qui est sorti de lui était une magie très sombre et ancienne. Il n'est pas encore libéré de son emprise. Cela dépasse mes compétences. Je vais avoir besoin d'aide.

Chapitre 8

Zenia regarda Greyden dormir. Jéricho était venue l'aider à marcher, et l'alpha avait amené son compagnon chez lui. Elle est venue aussi parce qu'elle ne voulait pas le quitter. Elle s'assit à côté de lui, veillant sur lui pendant son sommeil. Complètement épuisé par son épreuve.

Elle n'avait jamais été aussi terrifiée de toute sa vie. La magie noire s'était enroulée autour de son âme et Savannah disait qu'il faudrait plus qu'une potion pour le libérer. Ce faux compagnon a dû payer beaucoup d'argent pour réaliser une telle parodie.

Toute la nuit, elle veilla, baignant son front dans un gant de toilette frais. Peut-être qu'il n'aurait pas dû venir ici et la trouver. Il n'aurait pas failli mourir, n'aurait pas été aux prises avec le dilemme moral de trahir son véritable compagnon destiné à la lune. Elle lui a pardonné, bien sûr. Il était autant une victime qu'elle.

À l'aube, Jéricho entra dans la pièce pour les surveiller.

"As-tu dormi?"

«J'avais peur de fermer les yeux.» Elle se mordit la lèvre. « Je me demandais s'il n'aurait jamais dû venir ici. Je n'ai jamais découvert la vérité.

« Et lui faire vivre le mensonge ? Non, Zénia. Ce n'est pas de ta faute. Cela repose directement sur l'épaule de cette femme qui a pris votre place.

Elle hocha la tête, même si elle n'en était pas encore tout à fait sûre.

"Sait-il?"

Son regard se tourna vers le sien. Elle savait ce que cela voulait dire. "Non. Je pensais lui dire après la levée du sort, mais ce n'est pas le bon moment.

« Quand est-ce le bon moment ? »

"Je ne sais pas", murmura-t-elle en essuyant le front de Greyden. "Peut-être jamais."

****

Greyden cligna des yeux, voyant la lumière du soleil traverser le plafond. Où était-il? Il se tourna et vit Zenia endormie sur la chaise à côté de son lit. Sa tête penchait dans un angle inconfortable. Qu'est-ce qui s'est passé, bordel ? C'était comme s'il avait la gueule de bois mais qu'il n'avait aucun souvenir d'avoir bu. Petit à petit les événements de... hier ? ... filtré dans son esprit.

La potion.

Le vomi. Beaucoup, beaucoup de vomi.

Et de la douleur. Une douleur inimaginable.

"Greyden?"

Son regard se tourna vers Zenia. Ses yeux étaient ternes à cause du manque de sommeil, ses cheveux flasques autour de ses épaules. Elle se frotta la nuque en grimaçant. On aurait dit que c'était elle qui était malade, pas lui.

"Tu as pris soin de moi?"

"Je me suis assuré que tu étais à l'aise."

"Merci." Il lui tendit la main et elle hésita. « Zénia ? »

Lentement, elle glissa sa main tremblante dans la sienne. Il tira et elle se retrouva sur le lit à côté d'elle, avec lui en train de la cuillère. C'était bien de la tenir comme ça. Elle s'adaptait parfaitement à lui, comme si deux pièces de puzzle se joignaient.

«J'avais tellement peur pour toi», dit-elle.

Il sentit de l'humidité couler sur sa main et réalisa qu'elle pleurait. Il la retourna sur le dos et se pencha, essuyant les larmes de ses yeux.

"Je vais bien."

"Je sais, mais je n'aime pas te voir souffrir."

« Même après avoir trahi notre lien ?

« Tu ne m'as pas trahi. Ne redis pas ça.

« Le charme est-il rompu ? »

"Non," murmura-t-elle. « Ce n'était pas un sort ordinaire. Savannah a dit que c'était de la magie noire ancienne.

Il a pris une profonde inspiration. "Donc que faisons-nous maintenant?"

« Savannah a dit que l'aide arrivait. Mais je ne veux pas que tu revives ça. Peut-être que je ne vaux pas... »

Il posa un doigt sur ses lèvres. « Ne finissez pas ça. Nous ne nous connaissons peut-être pas beaucoup, mais je ne doute pas que vous valez le coup. Que nous en valons la peine.

"Greyden, il y a autre chose que je dois te dire."

"Ça a l'air sérieux."

C'est vrai", murmura-t-elle. Elle s'assit et se leva pour retourner à sa chaise. Ses mains tremblaient. "Notre nuit ensemble, ça... ça a donné naissance à un bébé."

Il inspira profondément. Le choc lui a volé ses mots. Le bonheur l'envahit, puis presque aussitôt il fut remplacé par la colère. La femme, sa fausse compagne, l'avait tenu éloigné de son enfant.

«Je me suis demandé si je devais vous le dire», a-t-elle poursuivi. "J'ai pensé que ce serait peut-être mieux si je ne le faisais pas."

"J'ai un enfant?"

Lentement, elle secoua la tête et son cœur s'effondra. « Avec votre rejet, mon loup a disparu. Le bébé en a souffert et il est né trop tôt. Il n'a vécu qu'une heure.

Un fils. Pendant un bref instant, il eut un fils, qui fut enlevé de ce monde parce qu'il ne se souvenait pas de Zenia. Tout dépendait de lui. Il a fait souffrir sa véritable compagne et causé la mort de son enfant. Des larmes coulèrent sur son visage. Il se leva et se dirigea vers le bout du lit et la souleva doucement de la chaise pour la tenir dans ses bras. Puis il enfouit son visage dans son cou.

«Je porte cette culpabilité avec moi tous les jours», s'écrie-t-elle.

"Chut," l'apaisa-t-il. Il lui caressa les cheveux tout en la berçant. « Vous n'avez aucune raison de vous sentir coupable. Ce n'était pas ta faute. C'est pour ça que tu étais déprimé, n'est-ce pas ? Pourquoi tu as essayé de te faire du mal.

Elle acquiesça.

Ils restèrent assis ensemble, lui la berçant pendant un long moment. Il ne savait pas comment l'apaiser, comment lui enlever la douleur avec laquelle elle vivait depuis cinq ans. Il ne le savait pas, mais son cœur lui faisait mal, partageant son chagrin. C'était sur ses épaules. Zenia était une âme douce, et la voir si brisée alors qu'elle ne faisait rien de mal l'éventrait.

«Je lui ai donné ton nom», dit-elle. « Greyden Junior. Il était si beau et si petit. Je l'ai tenu jusqu'à son décès et je l'ai enterré à côté de mes parents. Si vous voulez ramener son corps dans votre meute, je ne vous gênerai pas.

Il lui prit le visage en coupe et l'embrassa sur les lèvres. « Si je le prends, alors je te prends aussi. Layton sera puni dès que possible.

Elle recula brusquement. "OMS?"

«La femme qui m'a ensorcelé. Elle s'appelle Layton.

Zenia s'éloigna de ses genoux pour le regarder. "Oh mon Dieu. Elle était mon amie. Elle était là, avec moi, à l'Assemblée. Elle s'est fâchée contre moi de l'avoir ignorée parce que je t'avais trouvé. Après cela, elle s'est éloignée brusquement et je n'ai plus jamais entendu parler d'elle. Elle... elle a pris ma place. Elle t'a pris à moi !

"Elle a assassiné notre enfant", a-t-il ajouté.

"Oui." Une lumière féroce entra dans ses yeux. Détermination. Colère. Ressentiment «Je veux qu'elle soit détruite. Je veux qu'elle paie.

Il se leva et attira son corps contre le sien. "Je vous le jure, ici et maintenant, sur la vie de notre fils, elle obtiendra ce qui lui arrive."

Chapitre 9

Il y a cinq ans

« Zenia !

Quelqu'un l'appela et elle se tourna, voyant Layton se précipiter vers eux. Son amie regarda Greyden de haut en bas, un sourire coquette apparaissant pour montrer ses fossettes.

"Qui est ton bel ami, Z ?"

Le loup de Zenia poussa un petit avertissement. « Arrête ça, Layton. C'est mon compagnon.

La surprise apparut sur son visage. « Votre compagnon ? Attends, tu as trouvé ton compagnon ? Ici ? Déjà ? Aussi vite ?

Zenia sourit à Greyden. "Nous avons été bénis par la Haute Luna."

Il passa ses jointures sur sa joue. "Vous êtes si belle. Je suis un homme chanceux.

La gorge s'éclaircit, rappelant à Zenia qu'ils avaient un public. Lorsqu'elle regarda son amie avec chagrin, un éclair d'obscurité passa sur le visage de Layton avant de disparaître et d'être remplacé par une expression heureuse.

« Est-ce incroyable ? » » s'est exclamé Layton. Elle s'approcha de Greyden et battit des cils. "Alors, copain de meilleur ami, quel est ton nom?"

« Je m'appelle Greyden James », dit-il formellement.

Il ne tendit pas la main, sachant que le loup de Zenia n'apprécierait pas du tout ça.

Layton pencha la tête et fronça les sourcils. "Attendez. N'es-tu pas le fils de l'alpha de la meute Kaudiff ?

"Oui. Comment le saviez-vous ?

« Mon oncle fait partie du comité de planification. Au fait, je m'appelle Layton.

"Ravi de vous rencontrer."

Layton regarda Zenia. « Est-ce qu'on va toujours au bal ce soir ? »

"Je pensais en quelque sorte que j'irais avec Greyden", a répondu Zenia. "Je suis désolée, mais tu sais ce que c'est..."

Sa voix s'éteignit, sachant qu'elle n'avait pas besoin de s'expliquer. Les métamorphes qui n'avaient pas trouvé leurs compagnes destinées à la lune aspiraient chaque jour à se retrouver. Il n'y avait rien de plus sacré. Peu importe qu'il s'agisse d'un alpha ou d'un oméga, tous espéraient ressentir l'amour pour un partenaire. C'était l'une des raisons pour lesquelles il y avait une rencontre annuelle, pour donner aux métamorphes une chance de rencontrer les leurs.

"Bien sûr," dit gentiment Layton en regardant entre eux.

Zenia vit dans ses yeux quelque chose qui ressemblait beaucoup à de la colère, mais cela disparut si vite qu'elle crut qu'elle s'était trompée. Greyden lui serra la main et sourit à son tour, et toutes les pensées concernant Layton s'évanouirent.

Chapitre 19

47

«Bienvenue», dit Savannah. « Merci de m'être rencontré ici à la station de conditionnement. Je pensais que cet endroit était meilleur que mon petit appartement.

À côté d'elle se tenait un homme que Zenia n'avait jamais vu auparavant. Ses jambes étaient écartées et il avait les bras croisés sur sa poitrine. Ses cheveux noirs et soyeux brillaient de bleu au soleil. Scruff tapit sa mâchoire carrée. Des yeux marron foncé nous fixaient chacun d'un air évaluateur. Des anneaux dorés scintillants pendaient à ses lobes d'oreilles et des tatouages parcouraient chaque bras. Au début, Zenia pensait qu'il s'agissait de dessins abstraits, mais plus elle regardait, plus elle réalisait qu'il s'agissait de runes.

Elle détourna son regard de son corps et vit qu'il l'observait. Soudain, le bras de Greyden s'enroula autour de sa taille et elle vit qu'il regardait avec colère le bel étranger. L'homme lui fit un clin d'œil et lui fit un sourire moqueur avant de se retourner vers Savannah. Greyden fit un pas en avant, mais elle posa une main sur son bras pour l'arrêter.

"Alpha Jericho, Beta Ledger, voici Niall", dit-elle en lui faisant signe. « C'est un sorcier. Je lui ai demandé de m'aider à éliminer la magie noire restante de Greyden.

"Un sorcier ?" » demanda Jéricho.

Ledger regarda alternativement Savannah et Niall. « Comme dans Harry Potter ? »

"Ce sont des sorciers," dit sèchement Niall. "Il existe de nombreux types différents de lanceurs de sorts. Les enchanteurs, comme Savannah, lancent pour la plupart des sorts inoffensifs. Les sorciers ont tendance à s'attaquer au côté le plus sombre de la magie.

"Est-ce que ça te rend méchant ?" » demanda Ledger.

Il sourit. "Oui et non. Rien n'est toujours vraiment bon ou vraiment mauvais. Chaque personne est un mélange des deux.

Niall se dirigea vers Greyden pour l'étudier. Les deux hommes eurent une lutte de volontés, se regardant de haut, avant que Niall ne recule d'un pas et se tourne vers Savannah.

"Le sort sur lui a été jeté illégalement", dit-il d'une voix grave et riche.

"Nous l'avions compris", a déclaré Savannah.

Zenia fit un pas de plus. "Pouvez-vous le casser ?"

"Je peux." Il lui jeta un coup d'œil. « Pour que vous puissiez complètement oublier votre véritable compagnon, un sorcier très sombre a dû entrer en jeu. Quelqu'un qui était très proche de vous, et je ne parle pas d'une connaissance. Je parle de proximité.

Greyden fronça les sourcils. "Tu es le seul sorcier que je connaisse."

Il ôta sa veste en cuir, révélant un corps musclé, et elle ne put s'empêcher de le lorgner.

"Hé," marmonna Greyden. Elle lui jeta un coup d'œil et sourit timidement.

Niall fit asseoir Greyden sur une chaise et fermer les yeux. Alors que Savannah allumait un bâton de sauge et se promenait dans la pièce, le sorcier prit un sac de poudre noire et marcha autour de lui, marmonnant une sorte d'incantation. Il plaça cinq cristaux fumés autour de la chaise de Greyden, prononçant une sorte de mot de protection à chaque fois qu'ils étaient placés. Il vint se placer devant Greyden.

"Votre main, s'il vous plaît."

Greyden le souleva lentement et Niall sortit une fine aiguille et se piqua rapidement un doigt, capturant une goutte de sang à une extrémité de l'aiguille. Le sérum semblait être absorbé. Niall commença à écrire dans l'air avec l'extrémité pointue, et des formes étranges qui ressemblaient à des runes apparurent brièvement avant de onduler et de disparaître.

"La prochaine partie va faire mal", a prévenu Niall Greyden.

"Faites tout ce que vous devez faire pour supprimer ce sort."

Niall ferma les yeux et commença à marmonner dans ce souffle. Au début, rien ne s'est produit, mais avec une répétition du contre-sort, le corps de Greyden a sursauté. Encore et encore, Niall chantait, le volume augmentant en intensité. Une brume noire suintait de sa bouche et s'élevait au-dessus de la tête de Greyden, et il ferma les yeux comme s'il souffrait. À mesure que la brume devenait plus épaisse, le corps de Greyden se contorsionna et il poussa un cri. Les sons augmentèrent en hauteur, jusqu'à devenir presque assourdissants. Les yeux de Zenia se remplirent de larmes qui coulaient sur ses joues. Cela faisait tellement mal de le voir souffrir, et elle souhaitait pouvoir absorber sa douleur.

Soudain, Niall se retrouva devant elle. Il utilisa ses doigts pour ramasser ses larmes et y trempa l'aiguille. Lorsqu'il revint à Greyden, il enfonça la pointe pointue dans le front de Greyden. Il poussa un cri impie et s'effondra, la tête penchée. Zenia courut à ses côtés, berçant son visage. Elle lui releva la tête, s'attendant à voir la blessure à la tête, avec du sang qui coulait de l'endroit où l'aiguille dépassait, mais elle n'était pas là. Aucune aiguille, pas de sang, rien n'indiquant que Greyden avait été poignardé. Niall recula et glissa le long du mur, haletant lourdement.

«C'est fait», marmonna-t-il. Il leva une main tremblante pour passer ses doigts dans ses cheveux. « Celui qui a lancé ce sort était puissant. Et un connard.

"Mais il est libre?" » demanda Zénia.

"Ouais, il est libre." Il se releva et se dirigea vers elle. "Mais je ne suis pas. C'est l'heure de mon paiement.

Jericho fit un pas en avant, prêt à intervenir s'il avait besoin de la défendre.

Elle le regarda fixement alors qu'il se plaçait directement devant elle. Puis il apporta une petite fiole en verre vide.

"Puis-je avoir le reste de tes larmes?"

"Oh," dit-elle. "Bien sûr."

Il posa la fiole sur sa joue et laissa couler l'humidité. « L'une des choses les plus puissantes de l'univers est le véritable amour. Et les véritables larmes d'amour sont puissantes.

Lorsqu'il eut rassemblé tout ce qu'il pouvait, il scella la fiole et la glissa dans sa veste. Puis il l'étudia et lui posa la main sur la tête. Il marmonna quelque chose dans sa barbe, puis une rafale de puissance la frappa en plein cœur. Elle trébucha en arrière et Jericho la maintint stable.

Le rugissement de son loup explosa soudain dans sa tête alors qu'elle se frayait un chemin pour sortir. Les vêtements de Zenia se déchiquetèrent alors qu'elle tombait sur ses pattes. Elle leva les yeux vers Niall et poussa un grognement de remerciement.

Chapitre 11

il y a cinq ans

Elle rêvait qu'ils dansaient. D'eux s'unissant pour ne former qu'un seul cœur. Une âme. Zenia tendit la main pour le sentir, mais ne rencontra que de l'air. Elle ouvrit les yeux et découvrit qu'elle était toute seule. Elle se leva, s'habilla rapidement et retourna précipitamment vers le terrain de l'Assemblée.

Ne sachant pas où était installé la meute Kaudiff, elle a commencé à entrer et sortir des camps, essayant de repérer Greyden. Pourquoi l'a-t-il quitté ? Quelque chose est arrivé? Elle espérait que quoi que ce soit, ce n'était pas trop horrible.

« Zénia ! »

Elle se tourna et vit Layton se précipiter vers elle. Rencontrant son amie à mi-chemin, elle espérait que tout allait bien avec la meute. Que tout le monde allait bien.

"Qu'est-ce qui ne va pas?"

« Il est parti », lui dit Layton, la pitié dans le ton.

Zenia la regardait, incapable de comprendre les mots. Il est. Disparu. Elle tourna en rond, comme pour le chercher. C'était sûrement une blague. Pourquoi la quitterait-il ?

Il est parti.

Elle regarda son amie, essayant de comprendre quelque chose de plus. Quelque chose qui lui dirait pourquoi il était parti. Peut-être a-t-elle mal entendu ? Mal compris?

"Que veux-tu dire? Du camp ?

"Non. Je suis retourné chez lui.

Les mots n'avaient tout simplement aucun sens.

"Quoi? Comment... je ne peux pas, » murmura-t-elle, la voix se brisant. "Pourquoi?"

Elle n'était pas sûre de ce qu'elle demandait. Pourquoi maintenant? Pourquoi elle? Pourquoi l'a-t-il rejetée ?

Comment savez-vous?"

«Je l'ai vu alors qu'il montait dans un camion», a répondu Layton. «J'ai couru après lui. Il m'a dit de vous dire qu'il avait commis une erreur.

Son loup hurlait comme s'il souffrait. Comme si elle était en train de mourir. Ses genoux fléchirent et Layton la rattrapa et l'escorta jusqu'aux bancs de pique-nique.

"Es-tu sûr que c'est ce qu'il a dit ?" s'écria-t-elle, les larmes coulant de ses yeux.

"Je suis désolé, Z."

Pourquoi pouvait-elle encore le sentir dans son âme ? Que même après qu'il l'ait rejetée, pourquoi son fantôme s'attardait-il quelque part dans l'ombre de son cœur ?

Chapitre 12

Greyden cligna des yeux et comprit qu'il y avait quelque chose de différent. Quelque chose avait changé. Lentement, sa mémoire s'infiltra et il se redressa rapidement lorsqu'il se souvint du sorcier Niall.

"Hé," une voix douce venant de l'embrasure de la porte.

Il cligna des yeux et Zenia devint nette. «Je me souviens», souffla-t-il. « Nous nous sommes rencontrés chez les vendeurs. Nous nous sommes assis, avons parlé et dansé jusqu'à ce que nos pieds nous fassent mal. Et nous avons passé une nuit parfaite. Je me suis levé avant toi pour nous trouver du café et je suis tombé sur Layton. Elle m'a soufflé un peu de poussière au visage et puis... puis elle m'a dit que nous étions amis. Je n'ai jamais douté d'elle car je reconnaissais son odeur. Seulement, maintenant je réalise qu'elle a emprunté ton parfum. Putain de merde ! Comment ai-je pu être si faible ? Je suis de lignée alpha. J'aurais dû être capable de voir sa tromperie !

Zenia se précipita vers le lit et s'assit à côté de lui. Elle lui prit le visage en coupe. « Niall a dit que même les plus forts auraient été trompés. Vous n'avez aucune raison d'avoir honte.

Il plaça ses mains sur les siennes, la regardant dans les yeux avant de la prendre doucement dans ses bras. Se penchant, il passa son nez dans la colonne de sa gorge, respirant profondément son odeur. Son loup hurlait dans sa tête, heureux d'avoir son véritable compagnon dans ses bras.

"Le mien", murmura-t-il. « Comment ai-je pu oublier ça ? Je t'ai oublié ?

« Nous devons tout mettre dans notre passé. C'est fini et nous nous sommes retrouvés.

Ses paroles lui transpercèrent le cœur. «Je ne lui pardonnerai jamais. Elle a causé la mort de notre enfant. Cela demande plus que l'exil.

«Je sais», dit-elle. « Moi aussi, je veux la justice. »

Il lui baisa la main et repoussa les cheveux de son front. Ils se regardèrent et elle hocha la tête, lui donnant la permission. Il la repoussa jusqu'à ce qu'il se retrouve sur elle. Elle lui coupa le souffle et il se pencha pour l'embrasser. Toute sa colère et son chagrin s'évanouirent lorsqu'elle pressa son corps contre le sien.

Une de ses mains effleura son ventre, remontant sa chemise jusqu'à ce que ses seins soient exposés. Il pencha la tête et ferma la bouche sur un mamelon, le prodiguant de sa langue et de ses dents. Ses mains enfouies dans ses cheveux, le tenant près de lui tandis que ses hanches commençaient à onduler sous lui. Il obéit, écrasant son excitation dans le V de ses cuisses.

"S'il te plaît. J'ai besoin de... »

Sa voix s'éteignit, comme si elle ne savait pas comment demander ce qu'elle voulait.

Il se pencha en arrière pour la regarder dans les yeux, et pendant qu'ils se regardaient, il fit glisser ses doigts le long de son corps jusqu'au bouton-pression de son jean. Glissant sa main à l'intérieur, il trouva sa fente humide et passa le bout de ses doigts sur son clitoris. Zenia a courbé son corps, ses yeux s'écarquillant d'émerveillement.

"Avez-vous été avec quelqu'un depuis cinq ans?"

Elle secoua la tête.

Un frisson parcourut son corps, immédiatement suivi de culpabilité. "J'aimerais pouvoir dire la même chose."

"Cela n'a pas d'importance. Ce n'était pas toi.

Le tremblement dans sa voix disait le contraire. « Regardez-moi. Ton parfum m'a ramené à toi. Et je ne t'oublierai plus jamais.

Greyden se mit à genoux et écarta largement les jambes. Sa jolie chatte attendait toute dodue et gonflée de désir. Il ne voulait rien de plus que d'enfoncer sa bite encore dure dans sa chatte humide et de la pomper jusqu'à ce qu'ils se séparent tous les deux. Pour la remplir afin qu'ils puissent avoir plus de bébés.

"Pourquoi regardes-tu?"

"Parce que tu es belle." Il inséra un doigt en elle et un gémissement sortit de ses lèvres. "Tu es mouillé pour moi, bébé."

Ce n'était pas une question. Il déposa un baiser directement à l'endroit qu'il venait de toucher, et ses hanches se soulevèrent brusquement, comme si elle avait touché un fil sous tension.

Greyden», souffla-t-elle.

"Tu as un goût si sucré."

Il la lécha une fois de plus, mais cette fois-ci, il se concentra sur son clitoris, suçant le nœud jusqu'à ce qu'elle gémisse à nouveau et se heurte à sa bouche.

"Laisse-toi aller, bébé," ordonna-t-il.

À l'aide de deux doigts, il l'ouvrit et la lécha encore et encore. Ses mains enfouissaient dans ses cheveux, les tirant presque trop agressivement, mais il adorait ça. Cela donnait à tout ce qui circulait dans son sang, l'enflammant.

"Putain, tu as bon goût," marmonna-t-il. « Je suis immédiatement accro à toi. Tu es si belle et sexy.

Ses petits cris de plaisir résonnèrent dans la pièce et son corps se resserra sous lui. Elle frémit autour de ses doigts et il savait qu'elle était proche. Il a inséré un doigt en elle, le pompant tout en soufflant doucement sur son torse, et immédiatement elle s'est brisée.

Il n'avait jamais rien vu de plus érotique que Zenia en proie à un orgasme, et il avait le sentiment qu'il ne s'en lasserait jamais. Lorsqu'elle s'effondra dans une flaque d'eau désossée, il finit par reculer et lui lâcha les jambes, s'essuyant le visage sur la couverture. Il était tellement dur que c'était vraiment douloureux.

Elle ouvrit des yeux lumineux et le regarda avec émerveillement. Il ôta son survêtement et une fois nu, il s'allongea sur elle, blotti contre ses cuisses. Il s'appuya sur ses coudes et la regarda.

«Je t'aime», murmura-t-il.

"Es-tu sûr?"

Cela lui brisait le cœur qu'elle ne lui fasse pas confiance. «Je suis tombé amoureux de toi il y a cinq ans. Cela n'a pas changé.

Il tendit la main entre eux et saisit sa bite, l'inclinant vers son cœur. Puis il poussa. Elle ferma les yeux, poussant un halètement légèrement essoufflé alors qu'il la remplissait, l'enveloppant comme un gant. Il ferma les yeux devant le sentiment incroyable qu'elle ressentait.

Quelque chose bougea en lui, comme si une pièce de puzzle se mettait en place.

Comme s'il avait trouvé sa maison.

Le seul mot qui lui venait à l'esprit était le mien.

Il la frappa profondément. Des poussées rapides qui ont fait rebondir ses seins. Sa chatte serrée le suçait, transformant son cerveau en bouillie. Même s'il voulait que ce moment ne finisse jamais, elle se sentait trop bien enroulée autour de lui, peau contre peau. Il n'a pas pu se retenir alors que ses couilles se sont remontées et il est venu avec un cri rauque, tombant dans un abîme dont il ne voulait plus jamais revenir.

Chapitre 13

Greyden attendait dans l'entrepôt, debout devant le grand foyer en pierre. Les mains jointes derrière le dos. La chaleur du feu était le seul éclairage dans le bâtiment sombre. Il avait demandé à son père d'éloigner tout le monde afin de pouvoir avoir une conversation privée avec Layton.

La porte à l'autre bout s'ouvrit et elle entra, un grand sourire sur le visage alors qu'elle se précipitait vers lui. Avant qu'elle puisse se jeter dans ses bras, il leva une main pour freiner son exubérance. La confusion traversa son visage.

«Bébé, tu m'as tellement manqué», s'est-elle exclamée. «Nous avons tellement de choses à dire. Connaissez-vous les omégas que les gants de toilette allaient à votre père pour accomplir leurs devoirs ? Ils prétendaient qu'ils devenaient trop vieux.

Elle roula des yeux.

« Et qu'a dit mon père ?

« Quelque chose pour leur demander de l'aide. Plus d'emplois pour les omégas.

Il pencha la tête. « Êtes-vous porté volontaire pour aider ? »

Le choc, puis la colère, traversèrent ses yeux. "J'ai trop de choses à faire pour aider."

«Je vois», dit-il.

« Grey, que se passe-t-il ? » » demanda-t-elle en posant ses mains sur ses hanches.

"Je vous l'ai déjà dit, utilisez mon nom complet", a-t-il lancé. «Mais cela n'a pas vraiment d'importance. Raconte-moi comment nous nous sommes rencontrés.

Elle lui lança un regard étrange, bien qu'il décèle en dessous une pointe de malaise. « À l'Assemblée. Tu le sais."

«Je sais que c'était à l'Assemblée. Je voulais dire, où à l'Assemblée ?

Ses yeux se plissèrent. "De quoi s'agit-il ? Tu pars pour une semaine et maintenant tu ne me fais plus de câlins bonjour ?"

Greyden étudia son visage. Comment avait-il pu manquer la nature sournoise de ses yeux, ou la lueur calculatrice qu'ils contenaient ? Zenia ne lui ressemblait en rien, et il en était sacrément content. Il ne la connaissait peut-être pas complètement, mais il avait le sentiment que si les blanchisseuses avaient besoin d'aide, elle interviendrait immédiatement.

« Savez-vous où je suis allé la semaine dernière ? » a-t-il demandé.

"Je pense que ton père a dit que tu étais allé dans les meutes du Wyoming pour... euh, en fait, je ne suis pas sûr."

"J'ai collecté des offres auprès d'entreprises de construction afin d'agrandir cette usine de conditionnement et d'ajouter davantage de logements, car la meute s'agrandit."

Elle claqua des doigts. "C'est exact! Avez-vous trouvé une entreprise ?

«Je l'ai fait», dit-il. « Une entreprise appartenant à Analpha. Et pendant que tu es là-bas, tu ne croiras jamais sur qui j'ai croisé.

La porte par où elle venait de passer s'ouvrit à nouveau et Zenia entra dans le lodge telle la putain de reine qu'il avait l'intention de faire d'elle. Il avait beaucoup à rattraper, même si elle ne lui reprocherait jamais les cinq dernières années. Cependant, il était encore un peu trop amer pour laisser tomber. Layton jeta un coup d'œil et toute couleur disparut de son visage.

«Je suis allé à Sheridan, dans le Colorado», dit-il, laissant cela couler.

Zenia le rejoignit et il lui prit la main et l'embrassa sur le dos. Greyden sourit à sa vraie compagne, reconnaissant de l'avoir trouvée.

« Z », murmura Layton.

Zenia la regarda. « Bonjour, Layton. J'aurais aimé vous voir ici. Avec mon compagnon.

Elle ouvrit la bouche, prête à se défendre, puis la referma sachant qu'elle n'avait aucune jambe sur laquelle se tenir. Au lieu de cela, elle releva le menton. Je ne montre absolument aucun remords.

"Pourquoi l'as-tu volé?" » demanda Zénia.

"Je ne sais pas de quoi tu parles. Il te ment."

"Il est?"

Layton hocha la tête. "Oui. Il... il m'a kidnappé. Il m'a amené ici. Merci à la Haute Luna de m'avoir trouvé !

"Vraiment?" Le ton de Zenia prouvait qu'elle ne croyait rien de ce qui se disait. « Il vous a kidnappé ?

"Oui! Il est venu vers moi et j'ai dit que tu étais mon ami et que je ne pouvais pas te trahir, mais il s'en fichait.

"C'est drôle, parce que le sorcier qui a brisé le sortilège de magie noire sur Greyden a dit qu'il avait été créé par un puissant lanceur de sorts, quelqu'un à proximité, et puis je me suis souvenu que tu avais dit que ton oncle était l'un des organisateurs de l'Assemblée. Myalpha s'est renseigné et nous avons appris que votre côté maternel descendait des sorciers. Maintenant, je ne pense pas que tu sois un lanceur de sorts si puissant, mais ton oncle... maintenant, c'est une autre histoire.

Layton recula. "Je ne sais pas de quoi tu parles."

"Alors laisse-moi le dire aussi succinctement que possible. Tu m'as pris mon compagnon, espèce de salope complice et calculatrice!"

Layton se précipita vers elle. « Tu as toujours été tellement suffisant ! Je vais à l'Assemblée depuis des années et tu as trouvé ton compagnon en quelques heures ? C'est de la foutaise! Et bien sûr, il doit être un héritier alpha ! Tu seras Luna un jour et là, je me demandais encore qui diable était mon compagnon. Alors devinez quoi ? Je l'ai trouvé. Un stupide oméga. C'est ce que la Haute Luna m'a donné. Vous obtenez l'alpha et moi le fond du baril. Je n'allais pas supporter ça. Et devine quoi? Greyden m'a donné la marque de mariage !

Elle tira sa chemise sur le côté pour montrer sa morsure. Greyden ne ressentit que du dégoût. Il écoutait les raisons pour lesquelles Zenia lui avait été enlevée, pourquoi son fils était mort, et cela le rendait malade. Cette femme qu'il pensait être sa compagne lui a presque tout pris. La porte latérale s'ouvrit à nouveau et cette fois, son père entra.

«Je n'ai jamais aimé cette fille», marmonna-t-il.

Greyden lui lança un regard surpris. "Tu ne l'as pas fait ?"

"Non, mais je l'ai tolérée pour toi. J'aime beaucoup plus ton vrai compagnon.

«Moi aussi», dit Greyden. «Layton a fait perdre notre bébé à Mey et Zenia. Votre petit-fils, qui aurait été le futur héritier de cette meute.

L'alpha claqua des doigts et les sentinelles entraient, se dirigeant droit vers Layton, qui recula jusqu'à ce qu'elle heurte le mur et ne puisse plus battre en retraite.

Que fais-tu?" » a-t-elle demandé. « Ne me touche pas ! Je suis ta femelle alpha ! »

"Layton", ordonna son père de sa voix alpha, l'immobilisant. "Pour les crimes contre la Haute Luna, pour avoir pratiqué la magie noire sur une victime sans méfiance, et pour vos actions qui ont conduit à la mort de mon petit-fils, je vous condamne à mort."

Elle a crié, mais les sentinelles l'ont ignoré et lui ont saisi les bras. Un autre s'est placé derrière elle et a glissé ses poignets dans une cravate.

« Z, s'il te plaît ! Tu es mon ami. Greyden, je suis ton compagnon ! Vous m'entendez? Je suis ton compagnon !

L'alpha lâcha ses griffes et avança.

"Attendez", dit doucement Zenia, et tout le monde se tourna vers elle.

« Merci, Z ! » Layton a pleuré.

Elle s'approcha de son vieil ami et la fureur de Greydensaw apparut sur son visage. Il n'a même pas essayé de l'arrêter. Ses griffes sont sorties et elle a essuyé, du sang jaillissant de la gorge de Layton. La surprise et l'horreur ont tordu ses traits et un instant plus tard, elle s'est effondrée sur le sol et s'est vidée de son sang.

Tous regardèrent Layton perdre sa vie et Greyden se tourna vers Zenia, se demandant s'il aurait dû l'arrêter. En espérant que cela ne la changerait pas. Greyden se précipita vers elle, la serrant contre sa poitrine.

« Justice a été rendue. Brûlez le corps et envoyez ses cendres à son oncle. L'alpha se tourna vers Zenia. «Bienvenue dans notre famille, Zenia. Je suis incroyablement triste de n'avoir jamais pu rencontrer mon petit-fils, et cela me fait mal au cœur de savoir que cette femme t'a tant pris.

"Merci", dit Zenia. "Mais elle a pris de nous tous, pas seulement de moi."

Son père inclina la tête, puis leur fit un sourire avant de suivre les sentinelles jusqu'à la porte. Tout ce qui restait de Layton était une grande mare de sang.

Greyden lui embrassa le côté de la tête. "Êtes-vous d'accord? Elle était ton amie, autrefois.

«Elle n'a jamais été une amie pour moi», répondit-elle. «Je vais bien, Greyden. Notre fils est vengé.

Il l'entoura de ses bras. "Je t'aime."

Elle posa la tête sur sa poitrine. "Et je t'aime."

La fin.

Don't miss out!

Visit the website below and you can sign up to receive emails whenever Dave Kerlson publishes a new book. There's no charge and no obligation.

https://books2read.com/r/B-A-NSFNB-OXCKD

BOOKS 2 READ

Connecting independent readers to independent writers.

Did you love *Compagnon oublie*? Then you should read *Protégé*[1] by Dave Kerlson!

[2]

Il ne lui a jamais dit un mot, mais il va brûler le monde pour elle.

La vie est sacrément belle pour Hail. Être Prez of the Lost Mavericks MC s'accompagne de nombreux avantages, notamment le défilé sans fin de femmes dans et hors du club.

Le problème, c'est que Hail ne veut d'aucune de ces femmes. Il y a une femme qu'il veut, et il ne lui a jamais dit un mot.

Mary Jay ne cherche rien. Elle a un plan et elle s'y tient. Jusqu'à ce que Hail entre dans son monde et refuse de partir.

Même avant que Mary Jay ne parle à Hail, elle était protégée.

---

1. https://books2read.com/u/mlyq7B

2. https://books2read.com/u/mlyq7B

Also by Dave Kerlson

Compagnon oublie
Protégé